바람개비 도는 꽃길 언덕에 서 있네

바람개비 도는 꽃길 언덕에 서 있네

1판 1쇄 발행	2023년 12월 25일
지은이	유한나
발행인	이선우
펴낸곳	도서출판 선우미디어
	등록 | 1997. 8. 7 제305-2014-000020
	02643 서울시 동대문구 장한로 12길 40, 101동 203호
	☎ 2272-3351, 3352 팩스: 2272-5540
	sunwoome@hanmail.net
	Printed in Korea ⓒ 2023. 유한나

값 13,000원

※ 잘못된 책은 바꿔 드립니다.
※ 저자와 협의하여 인지 생략합니다.

ISBN 978-89-5658-749-3 03810

바람개비 도는
꽃길 언덕에 서 있네

유한나 시집
Poems by Hanna Ryu

선우미디어

시인의 말

시집 『라인강의 돛단배』(2019) 발간 후, 네 번째 시집을 엮게 되어 기쁘게 생각합니다. 지난 4년 반 동안 많은 일이 일어났습니다. 특히 2020년 2월에 유럽에 퍼지기 시작한 코로나 팬데믹은 세계 모든 국민이 바이러스와 처절히 싸워야 했던 위기의 시간이었습니다. 2022년 2월 24일에 시작된 러시아 우크라이나 전쟁도 아직 끝나지 않고 있어 글로벌 경제와 안전을 크게 위협하고 있습니다. 더욱이 올 10월에 일어난 충격적인 이스라엘 팔레스타인 전쟁도 세계 평화와 국제 관계를 극도로 긴장시키고 있습니다.

또한 본격적으로 인공지능(AI)이 사람 대신에 능률적이고 신속하게 일을 하고 사람과 실시간 대화와 상담까지 할 수 있는 시대가 찾아왔습니다. 이러한 글로벌 위기와 격동의 시간을 겪으며 느끼고 체험했던 한 편, 두 편의 시를 모아 시집으로 묶었습니다.

1부는 주로 코로나 팬데믹 기간에 산책길에서 얻은 시편이고, 2부는 코로나와 전쟁, 지진 등 인생의 폭풍과 폭우를 뚫고 항해

하는 삶의 여정에서 고통받는 이들을 생각하며 쓴 시편입니다. 3부는 고국에 계신 어머니와 가족을 생각하며 쓴 시들을 모았고, 4부는 삶의 묵상 가운데 쓴 시를 실었습니다.

디아스포라 문학을 연구하는 학자이며 평론가이신 중앙대학교 이명재 명예교수님이 부족한 시집에 해설을 써주셔서 깊이 감사드립니다. 네 번째 시집을 기꺼이 맡아 수고해주신 선우미디어 이선우 사장님과 직원 여러분께 감사의 마음을 보냅니다. 코로나와 전쟁, 가뭄과 폭우, 지진과 대형참사 등 삶의 절망적이고 힘든 시간을 보내신 여러분에게 작은 위로와 격려가 되기를 바라는 마음으로 부족한 시편들을 라인강에서 띄워 보냅니다.

2023년 12월
독일 마인츠에서
유한나 드림

차례

2. 그들이 쏟은 눈물이

3. 꽃길

4. 언약의 무지개

1부

벚꽃 데이트

행복은 어디에

세모나 네모 안에 들어있지 않네
낮은 곳으로
좀 더 낮은 곳으로 흐르는
물 흘러가는 모습이네

눈에 띄지 않는
작은 풀꽃 찾아 목 축여주고
외진 곳에 앉아있는
먼지 묻은 돌멩이 씻겨주는
흐르는 물 같네

잠든 아가 속눈썹 오래도록 바라보는
엄마의 빛나는 눈동자 안에 숨어들고
달려와 안기는 어린 아들과 눈 맞추는
아빠의 미소 띤 입가에 스며있네

마음 문 활짝 열어놓고
이 친구 저 친구 반겨주는
마음 정원에 향기 가득
행복 꽃이 피어나네.

햇살 미소

마음에 먹구름 끼고
얼굴에 시름의 그림자 앉은 날
내 앞의 한 여인
눈부신 햇살 뿌리며 지나가네
아, 햇살은
하늘에서만 내려오는 게 아니었네

어둠의 바다에 잠긴 마음,
주름진 내 이마에
얼굴 가득한 햇살
듬뿍 뿌리며 지나가는 여인!

그녀의 햇살 미소에
어느덧 마음의 먹구름 사라지고
따스한 기운에 주름진 마음 점점 펴지네

마음 추워진 누구에겐가
내 작은 얼굴도
따듯한 햇살 뿜어주는
둥그런 해 되었으면 싶네.

거리 두기

키 큰 울창한 나무
그 가지 끝에 피어난 꽃봉오리
나무 꼭대기 둥지에 걸터앉은 새
그 빛나는 날개

거리 두고 바라보아야
비로소 다 보인다

손만 뻗으면 잡히는 짧은 거리
눈만 뜨면 보이는 익숙한 거리에서
네 어여쁘고 빛나는 모습
잘 보이지 않지

너와 나 사이
사랑의 향기 퍼져나가는
2m 거리 두기!

우리와 너희 사이
그리움의 바람 살랑거리는
2m 거리 두기!

코로나의 봄

눈에 보이지 않게
살금살금
훨훨
세상을 돌아다니는
코로나바이러스
사람들이 집안에 꼭꼭 숨어있는 동안
개나리 튤립 목련이
눈부신 봄 햇살 맘껏 누리며
작은 뜰마다 너른 정원마다
봄노래 부르고 있다

매스꺼운 매연으로 콜록거리던
거리의 꽃나무들
푸르디푸른 하늘 향해
기지개 쭉쭉 켜며
꽃봉오리 피워내고 있다

유럽의 우한이 된 이탈리아 첫 봉쇄령 후
독일 오스트리아 스페인
인도 뉴델리

중국과 일본
뉴욕과 로스앤젤레스, 워싱턴이 문을 꼭꼭 닫은
2020년 봄!

텅 빈 광장
텅 빈 거리에서
봄꽃 활짝 피운 꽃나무들이
코로나의 봄을 맘껏 누리고 있다

온 세상 사람이 마스크로 입을 막은 동안
초록 나뭇가지 꼭대기에서
새들이 목청 높여
자유의 찬가 부르고 있다.

4월의 바람

목련꽃 가슴 부풀게 만든
4월의 바람
장미 꽃송이 어여삐 벙글게 한
4월의 햇빛

겨우내 쓸쓸하던 들판
휘휘 젓고 다니며
부지런히 초록 물들이던 바람

우리네 삶에도 한파 지나면
따뜻한 훈풍 찾아온다고
추운 가슴마다
설레는 희망의 씨 뿌리고
슬픈 마음마다
찬란한 부활의 희망 심어주네

뒤따라오는 화려한 오뉴월 햇빛에
향기로운 자리 아낌없이 내어주고
아름다운 뒤태 보이며
살랑살랑 손 흔들며 떠나네.

봄의 혁명

서슬 퍼런 칼날 바람이
들판에 몰아쳤다
웅크려 숨죽인 채
하루하루 땅속으로 뿌리 뻗어 내렸다

씨앗 한 알씩 온몸으로 품고
살을 에는 추위
견디고 견디어 냈다

머리 위로 따스한 바람이 불어왔다
그래, 때가 왔다!

일제히 머리 들어 나부끼는
민초들의 노란 혁명의 깃발!

뭉게구름 새털구름 천장 삼고
날아다니는 새들 청중 삼아

넓은 들판 무대에서
높이 쳐든 고개 살랑거리며

목청 높여 찬란한 봄의 혁명가 부르는
샛노란 유채꽃 무리!

하얀 수국

길가에 둥글둥글 피어난 하얀 수국
종갓집 맏며느리 덕스러운 모습으로
후덕한 미소 지으며 오가는 이 반겨주네

어둑해진 저녁에 달무리 고요한데
하얀 얼굴 하얀 마음 송이송이 무리 지어
나그네 지친 마음에 환한 등불 켜주네.

능소화

눈부신 아침이면 고운 얼굴 단장하고
귀 쫑긋 세우고 조용히 듣는다
나팔처럼 울려 퍼지는 그리움의 종소리

새처럼 그대에게 날아가고 싶었지
가녀린 덩굴손 하늘 향해 뻗치고
오늘도 얼굴 붉히며 담장 타고 올라가네.

염소

머리 위에 솟은 뿔로 이곳저곳 들이박으며
상처 남기며 살아왔지

어느 날부터 이곳 아프고 저곳 쑤셔서
이 병원 저 병원 수십 군데 찾아다녔지

몸속 어느 구석에
몹쓸 세포 무성하게 자라고 있을까
핏속 어느 음지에
몹쓸 세균 무리 지어 떠돌고 있을까

살그머니 몸 안에 들어와
날마다 상처 내고 있을지 모를
보이지 않는 적 앞에 긴장하여

좁은 진단대 위에 누워
힘 다 빠진 채
기도하는 한 마리 순한 양 되곤 했지

들판에 서 있는 저 염소 한 마리
맑은 바람 소리
나뭇잎 흔들리는 소리
화음 맞추어
하늘 향해 뿔 나팔 불며
찬송가 부르고 있다.

두 발

한국전쟁 휴전 여섯 해 후에 태어나
세발자전거 타본 적 없고
알록달록한 레고(Lego) 장난감 본 적 없다

무지개 색연필 한 자루
흰 도화지 한 장 없어
검정 숯으로 벽마다 그림 그렸다

자전거 가진 적 없고
네 바퀴 자동차 몰아본 적 없는데
유럽 땅 독일까지 와서
강산이 세 번이나 변하도록

싱싱한 초록빛 들판으로
샛노란 유채밭으로
푸르른 라인강변으로
날 실어주는 두 발

코로나 산책길에
잠시 멈추어 내려다보니

육십 년 넘도록 나를 싣고 다닌
바퀴 달린 내 착한 두 발

나란히 서서 숨 고르고 있다.

나무가 말하네

하늘 향해 날마다 키 자라는 내 친구들
무자비하게 쓰러뜨리지 마세요

당신이 숲나무 찾아올 때마다
답답했던 마음 시원스레 풀어주고
행복감 선사하는 향기 뿜어드렸지요

우리를 지켜주신다면
당신의 집이 홍수에 잠기지 않도록
당신과 가족을 지켜주겠어요

'쿵' 비명 지르며 땅에 쓰러진 내 친구
그의 부드러운 살로 만들어진 종이,

아무렇게나 구겨버리지 말고
당신의 살을 깎아 쓴 시를 그 종이에 써주세요
당신의 피로 붉게 새긴 사랑의 편지를 써주세요

내 친구가 죽어서도
세상을 푸르게 만들도록.

바다가 말하네

내 마음이 하늘을 마주 볼 만큼 넓다고
크고 작은 쓰레기 버리지 마세요

비닐봉지는 제발 던지지 마세요
물고기들이 먹이로 알고 덥석 물었다가
헉헉대며 숨을 못 쉰답니다

내 속이 깊고 깊어 바닥 헤아리기 어렵다고
시커먼 공장 폐수 쏟아붓지 마세요
어여쁜 지느러미 흔들며 자라는 물고기들이
희소병에 걸린답니다

내 품에서 자라는 물고기와 해조류가 병들면
마침내 당신도 병이 들어요

나를 찾을 때마다 당신의 푸른 꿈을 던져주세요
푸른 꿈의 바다가 되어
푸른 지구를 만들어 드리겠어요.

장미의 월요일

긴 겨울 지나고 봄을 앞둔 2월 중순,
독일 카니발 축제의 하이라이트인 장미의 월요일에는
7km 카니발 행렬이 장관을 이룬다

사람도 네발 동물이 되어보는 날
호랑이나 사자 되어 포효해 보는 날
캥거루나 곰이 되기도 하고
다람쥐나 토끼도 되는 날
하얀 날개 달린 천사도 되고
깜찍한 요정이 되기도 하는 날

그다음 날은 제비꽃 화요일
모든 화려했던 축제 장식품
미련 없이 불에 태우며
재의 수요일을 기다린다
축제 동안에 저지른 붉은 죄를 회개하고
회색 재 바르고 참회의 기도를 드리는 날

길었던 축제는 서서히 막을 내리고
엄숙한 사순절이 시작된다

예수님 십자가 고난의 길이 열리면
사람들도 일상의 십자가를 지고
묵묵히 고행의 길에 들어선다

찬란한 부활의 월요일을 기다리며…

벚꽃 데이트

지상의 길을 걷는 시간이 점점 짧아지는 어머니
잠시 모국에 들른 딸과
벚꽃 나무들이 창창히 줄지어 선
하천 산책길 걸으신다

3년을 버티던 코로나바이러스도 점차 사라지고
벚꽃은 제 세상 만난 듯
끝없이 꽃잎 흩뿌리며 한참 축제 중이다

흩날리는 꽃잎 따라
어머니와 딸의 젊었던 봄날도
세월의 등에 업혀 점점이 멀어져가는데

마음은 아직 분홍빛 꽃잎에 물들어 발개지고
바람 날개에 실려 돌고 도는 꽃 군무에
환호의 갈채 보내며
벚꽃 나뭇가지로 엮어진 아치문 지나
부드러운 꽃 양탄자 곱게 깔린 길로
꿈길 걷듯 걸어가는

구순 어머니와 육십 넘은 딸의
그림 같은 벚꽃 데이트!

경주 월정교의 달밤

신라의 달밤이 먼 고향길 찾아온 듯
월정교 기와지붕 처마 이쪽과 저쪽 끝에
천 년 세월의 줄을 잇는
교교한 달빛 몇 가닥

징검다리에서 바라보는 월정교 기와지붕 위로
초승달이 반달이 되고 보름달이 되어 번갈아 뜨는 내내
별빛 속에 흐르는 사랑의 전설

원효의 가르침에 마음 빼앗겨
상사병 걸린 딸 요석공주의 마음을 읽은 왕
나무다리 건너던 원효를 물에 빠지게 하여
요석궁에서 젖은 옷 말리며 사랑의 모닥불 지피게 하였다지

월정교 지나 둑길 걷다 보면
백 리 안에 사는 이웃 굶지 않게
곳간 문 열어 쌀가마 풀었던 경주 최부자집
천년 고택 줄지어 있는 교촌 마을에 터를 굳히고 있다

400년 세월 흐르도록 부자 가문이었던 비밀 캐려
오늘도 방방곡곡에서 배우러 오는 후손들

발길 돌리는 순례자의 넉넉해진 마음 한 자락에
어느새 달빛 빛나는 월정교가 세워져
남은 순례길 비추네.

보름달 연서

널 바라보는 마음
모난 곳 없고

널 향한 사랑
갈라진 틈새 없지

네 안에 웅크려 앉은 어두움
터질 듯 뿜어내는 빛으로 몰아내지

동그라미 꽉 찬 사랑
일그러진 귀퉁이 없고

둥그런 마음으로
언제나 널 감싸고 있지

보름달 환한 밤

가슴설레며 읽는
달빛 연서!

2부

그들이 쏟은 눈물이

살구꽃 아리랑

코로나 전염병 암흑기 2년여 동안
소식 잊고 지내던 K 박사님
부활절 며칠 앞둔 날 소천하셨다

한국이 아닌,
부모님이 살던 고향 이북 땅이 아닌,
반세기 살아오셨던 독일 땅에 묻히게 되셨다

독일인 사모님이 한국인 남편의 후배에게
장례식에서 '아리랑'을 불러달라고
남편의 뜻을 전하셨다

아리랑 가락을 타고 오르셔서
북한에 사시던
그리운 부모님을 만나보고 싶으셨을까

반세기가 지나도 못 잊으신
살구꽃 피던 고향,
흩날리던 꽃잎 따라
굽이굽이 흘러가던 부모님의 아리랑 노래

마지막까지 가슴에 꼭 품고 가고 싶으셨을까

아리랑, 아리랑 고개를 넘어….

그들이 쏟은 눈물이

그들이 쏟은 눈물이
저리 긴 강물로 흐르는가

어느 무너져 내린 가슴 가슴이 기대어
깊고 깊은 계곡이 되었는가

푸르른 바다로 흘러가지 못한 꿈들이
잘디잘게 부서져 하얀 모래 되었는가

그들이 날마다 쌓아 올린 외로움이
저리 높고 단단한 산이 되었는가

먼 훗날 이루어질 그들의 꿈이
날개 타고 올라
저리 찬란한 무지개로 뜨는가.

피 없이 자유 없네

피 없이 자유 없네
독수리 날개 치듯
하늘 높이 치솟는 해방감
붉은 피 값으로 얻은 것이지

피로 물들었던 바닷물
종전을 알리는 함성에 묻혀
썰물 되어 흘러가니
금빛 반짝거리는 자유의 물결
종소리 되어
가슴마다 밀물처럼 밀려왔네

젊은 뜨거운 피들이
차가운 땅에 허망하게 스며들고
사랑하는 아들을
흐느끼는 가슴에 묻은 어머니
그리운 남편, 아버지를
눈물 젖은 가슴에 품은 아내와 아이들
선조 대대로 물려받은 조국 지키고
소중하고 소중한 가족과 이웃을 지키기 위해

두려움과 공포, 절망과 아픔의 전장에 뛰어들어
목숨 거는 처절한 전쟁 치렀던
그대 끓어오르는 피, 뜨거운 마음 있었기에
오늘 우리는 평화의 노래 부를 수 있네

자유의 나라를 지키기 위해
소중한 한 생명 한 생명 살리기 위해
빗발치듯 쏟아지는 총알 두려워 않고
용감하게 적진 향해 달려 나갔던
그대들의 젊은 피 굽이굽이 흘렀던 땅

찬란한 자유의 꽃이
한 송이 두 송이, 다발로 피어나
온 땅 가득 생명의 향기 뿜어내고 있네.

지진

단단한 철근 콘크리트 벽도 일순간이다
강도 7이 넘는 지진에 속절없이 무너져 내리는 데는…
넓은 평수 자랑하던 전망 좋은 아파트도
첨단기기 뽐내던 병원 건물도
쌓아 올린 성냥개비 무너지듯 맥없이 허물어져 내렸다
땅이 흔들리면 땅에 쌓아둔 보물 송두리째 잃는다
찬란한 빛 뿜어내는 다이아몬드도,
아까운 일확천금도 연기처럼 사라진다
사랑의 줄로 묶였던 연인도, 핏줄 인연도 잃어버린다
날마다 차곡차곡
지진 없는 하늘 다락방에 보화 쌓을 일이다.

기우제

수백 년 만에 찾아온 가뭄으로
논바닥 땅바닥이 쩍쩍 갈라진다
수억 년 전에 찍힌 거대한 공룡 발자국이
물 다 빠져나간 강 밑바닥에 드러났다

나무도 폭염에 숨 헐떡이며
앙상한 팔을 늘어뜨린다
기우제 징을 둥둥 울려야 할 때가 왔나보다

나라의 왕들은 하늘 아래 무릎 꿇고
죄와 악을 깊이 뉘우치고 몸과 마음 정결케 하여
생명의 비를 내려주시도록
기우제 올려야 할 때가 왔나보다

날이면 날마다 서로 손가락질하며
권력의 크고 작은 자리 다툼하던 위정자들도
하늘의 노여움을 풀어 비를 내려주시도록
겸손히 머리 조아려 기우제 올려야 할 때
내 것, 우리 것만 챙기던 사람들도
욕심과 탐심 내려놓고

목욕재계하고 빈손 빈 마음으로
하늘 향해 두 손 올려 비를 빌어야 할 때

비나이다, 비나이다
산같이 쌓인 우리 죄와 악을 용서하시고
형제와 이웃의 가슴에 총 겨누는 일이 더 없도록
핏물과 눈물이 더 이상 강물 되어 흐르지 않고
수목 적신 빗물이 평화의 강물 되어 흐르도록
하늘이여,
이제 노여움 푸시고 용서의 비를 내려주소서
평화의 강물을 쏟아부어 주소서

시들대로 시든 산천초목이 살아나
다시 꽃향기로, 무르익은 열매로
하늘의 영광, 이 땅의 평화를 노래 부르도록
위정자들이 겸손히 이 세상을 다스리도록

형제 이웃 간에 서로 찌르는 날카로운 칼과
피 흘리게 하는 무자비한 총을 내려놓도록

이 메마른 세상에 평화의 단비를 내려주소서
이 가문 세상에 생명의 물을 내려주소서

하늘이여, 비를 내려주소서!

한 장의 결혼사진

쏟아지는 햇살에 기쁨으로 반짝이는 호수
어여쁜 새소리 들리는 숲 아니었네
부푸는 가슴처럼 수십 개 풍선 달리고
장미 향기 그윽한 꽃 무대 아니었네

순백의 웨딩드레스 위에 가죽조끼 입은 신부
검은 턱시도 입고 워커 신은 신랑,
사랑의 눈빛 빛내며
생애 최고의 사진을 찍은 곳은…

군화 발자국처럼 시커멓게 찍혀있는
찢기고 부서진 건물 벽 앞
잔해로 둘러싸인 폐허의 거리였네

폭격의 시간이 훑고 지나간
찌그러지고 망가진 자동차 위에 앉아
앞날의 꿈을 함께 나누는 눈빛 마주 나누며
그들의 가장 축복된 시간을 뿌리고 있네

공포와 경악의 전장에서 보내온,
젊은 우크라이나 의사와 간호사가 보내온
한 장의 결혼사진!

전쟁이 막을 수 없는 사랑의 힘,
폭격이 이길 수 없는 희망의 씨앗 담긴
조용하고 엄숙한 답례품!

마리우폴 열 살 소녀

봄 벚꽃처럼 환하게 웃던 네 모습
눈에 어른거린다

미안하구나!
너보다 오십 년 이상 이 세상에 사는 내가 미안하구나

폭우처럼 쏟아지는 폭격에
네 여린 피 다 쏟아내고
비둘기 같은 눈 감은 열 살 소녀야
잔혹한 세상 짐을 어린 네가 짊어지고
제물이 되었구나

네가 우크라이나에 태어나지 않았다면
돈바스로 가는 길목
항구도시 마리우폴에서 살지 않았더라면
오늘도 송송 맺힌 땀방울 닦으며
새 날개 펴듯
네 두 팔 활짝 펴서 공중으로 날아오르고
학처럼 긴 두 다리로 펄쩍 뛰어오르며
멋진 체조를 선보일 텐데…

네 맑은 웃음과 새같이 날렵한 몸놀림
이 비정한 세상 무대에 올리기에
너무 빛났나보다

폭격 맞은 병원에서 생명을 잃은 아기와 엄마
피난 가다 아홉 살 아들 옆에서 총알에 쓰러진 엄마
러시아군이 건너오려는 다리에
혼자 용감하게 지뢰를 깔아놓고
함께 폭발된 열아홉 살 우크라이나 군인

총격으로 스러진 네 이웃과 가족 수십만 명
네 멋진 체조 무대에 초대하여
위로하고 또 위로해주렴!

전쟁 없는 영원한 평화의 무대에서
천사들에 둘러싸여 해같이 활짝 핀 얼굴로
행복한 체조 무대를 꾸미렴!

국가 대표 선수가 되겠다던 네 단단했던 꿈
찬란한 하늘 무대에서 이루어지기를!

전쟁터 어린이

캄캄하고 추운 동굴에 숨어 지내기 무서워요
비둘기 구구대고 햇볕 따뜻한 광장에 나가고 싶어요

폭격 맞은 건물 위로 독버섯처럼 솟아오르는 검은 연기
보기만 해도 숨이 막혀요
뭉게뭉게 떠 있는 흰 구름 속
찬란한 무지개 뜨는 하늘 보고 싶어요

폐허가 된 동네에 매캐한 총탄 냄새만 가득해요
언제 다시 향기 가득한 꽃길 동네 되찾을까요

불바다 전쟁터에서 놀이터는 재가 되어 사라졌어요
언제 다시 친구들과 신나게 뛰놀 수 있을까요

우리에게 싸우지 말라고 하면서
어른들은 왜 서로 총 쏘면서 죽을 때까지 싸우나요?

우리 아버지, 아저씨들에게 총을 쏘아서,
우리가 살던 땅을 빼앗아서 행복한가요?

폭격으로 산산이 부서진 우리 동네,
잿더미에 파묻힌 우리 집
언제 다시 찾을 수 있을까요?

배가 몹시 고파요
아빠 엄마 형님 동생이 보고 싶어요.

로봇 버거

로봇이 만든 버거를 먹어보셨는지요?

햄버거, 치즈버거, 김치 버거는 먹어보았는데…
버거는 그동안 사람이 만들었지요
햄을 넣고 치즈를 넣고 김치를 넣어…

이제는 손님들이 주문한 대로
로봇이 맛있는 버거를 만든답니다
주소를 알려주면 로봇이 문 앞까지 배달도 해주지요

코로나로 사람이 사람을 꺼리는 세상,
사람 구실 못 하는 사람들이 많은 세상에서
로봇이 사람 구실을 하네요

요즘은 가상 인간이 말도 하고 노래도 부르지요
가상 현실인지 진짜 현실인지 헷갈리는 세상에서
당신, 혹시 가상 인간이 아닌가요?

시 쓰는 인공지능

인공지능이 이제는 시도 쓴다고 신문 기사에 올랐다. 53편이나 쓴 첫 시집까지 펴냈다는 소식이다

일 초에 시 한 편 쓴다 하니 웬만한 시인 모두 주눅 들게 만든다. 시 한 편 쓰기 위해 일주일 혹은 한 달이나 심지어 몇 달이 걸릴 때도 있는데 일 초에 한 편 시를 쓴다니 인공지능에 시인의 자리를 고스란히 물려주어야 하나 보다

이제 인공지능에 머리 깊이 숙여 시 창작법을 배워야 하는 새 시대가 도래했다는 말이겠다. 인공지능보다 더 지혜롭고 번쩍이는 하늘의 영감을 받아 쓰는 일만이 시인의 자리를 빼앗기지 않겠네

수백 수천 편 데이터를 쌓아 일 초에 시 한 편 쓸 수 있는 경지에 이른 것이니 수백 수천 편 시를 읽고 쓰는 눈물겨운 노력이 필요하다는 말이겠다. 하늘도 스스로 돕는 자를 돕는다 했으니, 시인의 자리 지키려면 인공지능보다 더 열심히 데이터를 모으고 미친 듯 쓰노라면 하늘의 영감으로 받아쓴 시를 일 초만에 쓰는 날이 오지 않겠는가!

오늘도 시의 황금알을 낳는 환희의 순간을 위해
시의 씨앗이 든 배를 어루만지며 진통을 달래고
해산의 날을 기다리는 이 땅의 시인들이여!

챗봇(Chatbot)

대화를 할 수 있는 로봇이 태어났다

사람과 실시간으로 대화가 된다
어떤 질문에도 순식간에 시원하게 대답한다
종일 말할 상대 없던 독거노인도
평생 혼자 사는 독신자도
적적한 공간을 함께 나눌 삶의 동반자가 생겼다
집에 혼자 남은 아이에게도 놀이 친구가 생겼다

표현력도 풍부하다
웬만한 사람보다 대화 수준이 높다
고민을 말하면 고개 끄덕일 만한 조언도 해준다
비밀도 지켜준다

남편이나 아내, 친구나 연인도
감정적으로 폭발하거나 중간에 말을 끊기도 하는데
챗봇은 내 말을 끝까지 들어주고
침착하게 대화를 이어 나간다

독거노인 수명이 길어지겠다
싱글족이 늘어나겠다
혼자 집 지키는 아이가 많아지겠다
남편이나 아내보다,
친구나 연인보다
챗봇을 더 소중히 여기는 날이 오지 않을까

걱정스럽다
왜 걱정이 될까?

챗봇에 물어보아야겠다.

안락사

나뭇가지 하나 고개 푹 떨구고 있다

햇빛 한 아름씩 안아주고
열매 향기에 취하며
새들 노래 장단에 춤추며 좋았던 시절
희미하게 추억하며
이제 비바람에 반쯤 꺾여
고개 들 힘도 없이 축 늘어져 있다

날마다 하늘로 뻗어가는 이웃 가지들 사이에서
날마다 땅 쪽으로 기우는 꺾여진 가지
강풍이 몰아치던 날,
바람이 귓가를 세차게 스치며 중얼거렸다
어차피 열매 매달지 못하는데,
견디기 어려운 통증에 시달리는데
아예 꺾어줄까?

힘없는 가지, 땅으로 툭 떨어졌다.

죽음의 종(種)

나무도 소나무 참나무 도토리나무 굴참나무…
새도 참새 까치 비둘기 독수리…
포도도 청포도 적포도 씨 없는 포도…
삶에도 행복한 삶, 불행한 삶, 파란만장한 삶…
그 삶이 끝나는 지점에
마침표처럼 동그랗게 웅크리고 있는 죽음!

죽음에도 여러 종(種)이 있다
두 발로 '땅을 딛기도 전에 눈 감은 아기들의 죽음
젊디젊은 나이에 숨을 멈춘 죽음
지상의 복을 누리지 못하고 사그라진 죽음
사랑하는 이를 남겨놓고 눈 감은 죽음
마지막 순간이 비참하였던 죽음

호상(好喪)이 있으니 그중 다행이랄까
그러나 천수(天壽)를 누렸다는 호상도
가장 가까운 이들에게는
죽음은 고통이고 눈물이고 그리움의 긴 발자국,
평생 따라가야 할 발자국!

죽은 자가 산 자의 가슴 속에 살아있어
죽은 자가 산 자의 생각 속에 함께 들어 있어서
산 자와 죽은 자와 함께 사는 이 세상!

내 슬픔의 우물에서

불타는 여름날, 내 슬픔의 우물에서
누군가 위로의 물 마시고 해갈한다면
눈물 가득 넘쳐흐르는 두레박 건네주리

네 가슴에 붉은 눈물 뚝뚝 떨어져
어느 봄날 어여쁜 초록 싹 돋아난다면
아픈 눈물 닦아내며 다시 우뚝 일어서리

불면의 밤마다 쌓아 올린 내 기도가
날개 달고 네게 단잠 실어준다면
내 앞에 출렁거리는 파도 기꺼이 헤쳐가리.

미리 신청합니다

이 세상을 떠나는 날과 장소를
미리 신청할 수 있다면
어느 계절 어느 장소를 택하겠는지요

누가 내게 이렇게 묻는다면
날 기억하던 이들이
봄꽃 향기에 안타까워하지 않도록
낙엽 지는 가을에 더 쓸쓸해지지 않도록
차가운 겨울에 마음마저 떨지 않도록

내가 이 세상에 소풍 왔던 푸르른 계절 오월에
내게 선물로 주신 소중한 가족이 사는 집에서
하루의 무게를 감당한 고단한 몸
밤마다 받쳐주던 침대에서
잠자듯이 기도하듯이 눈 감고 있을 때
천사의 눈부신 날개 이불로 싸서
푹신한 하늘 푸른 침대로 데려가 주세요

지금부터 미리 신청합니다.

상처의 문(門)

아차! 하는 순간
스쳐 간 칼날에
가느다란 흰 손가락에서
붉은 눈물이 솟아 흐른다

허벅지가 딱딱한 모서리에 부딪혔다
푸르른 오로라가 상처를 둥그렇게 둘러쌌다
상처가 붉은 눈물로 흘러나오지 못해
우윳빛 살에 환상적인 푸른 은하가 흘렀다

좁은 구두에 눌려 살던
새끼발톱이 온통 검게 물들었다
작은 발톱도 상처로 속이 검게 타는구나

붉은 강물이 흐른다
푸른 은하가 펼쳐진다
검은 흑장미꽃 피어난다

상처의 문(門) 안에 신세계 펼쳐진다!

3부

꽃길

우산

비 내리는 아침

우산꽂이에서 우산을 찾았다
성한 우산이 없다

그동안 숱하게 잃어버렸던 우산들
튼튼한 고급 우산
무늬 어여쁜 우산
색깔 곱던 우산

내가 앉았던 버스 뒷자리에
홀로 남겨졌던 우산
상점 안, 한구석에
우두커니 세워졌던 우산
비 쏟아지니 그 우산들 아쉬워지네

미처 아쉬운 줄 모르고 지나다가
어느 순간
잃어버렸던 것들이
안타깝고 아쉬워지는 것들이 있다

젊음이 그렇고
세월이 그렇다

폭우 속에서 우산처럼 날 지켜주던….

이 빠진 그릇

한쪽 가장자리에 살짝 이 빠진 그릇
많은 그릇 속에 묻혀 살다
오늘 내 눈에 띄었다

버려도 되지 않을까?
좋은 그릇도 많은데…
다시 한번 바라보니
이 빠진 할머니 모습이 보인다

이 빠지기까지 우리 부엌에서 함께 살았던 그릇
이 빠지기까지 뜨겁고 찬 음식을 담아준 그릇

버려야 하는 것은
숱한 날, 따듯한 밥과 반찬을 담아 바쳤던
그 인고의 세월 몰라주는 내 마음이었구나

이 빠지도록 수고했던 그릇이니
더 소중히 모셔야겠네.

가시와 대못

가까운 혈육의 가슴에
못 박으며 살아온 자가
누군가 그의 가슴을 가시로 찔렀다고 목청 높인다

다정한 이웃의 가슴에
탕탕 못 박으며 피 흘리게 하던 자가
누군가에게 긁힌 작은 생채기로 얼굴 붉힌다

그러고 보니 낯설지 않은 모습
바로 내 모습!

반성문

공자의 제자였던 증자는
하루에 세 번 반성했다는데
난 하루에 한 번이라도
진실하게 반성하며 살았던가

하루의 거울 앞에서
남에게 진심으로 대하였는지
벗에게 진실했는지
배운 것을 익혔는지
자신을 비추어 보며
하루 세 번 반성하며 살았던 그분은
죽어서도 남을 반성하게 만드네

나는 오늘 반성문 쓰네

수십 년 수백 년 지나도록
한군데 제자리 듬직하게 지키고 서 있는 나무
여름 햇빛이 불화살 쏘듯 해도
예상치 않던 소낙비 물 폭탄 맞아도
피하지 않고 받아들여 더욱 단단해진 나무

비바람 속에서도 폭염 속에서도
튼실한 열매 키워내는 나무의 삶 배우려고
지나가는 구름도 머리 위로 다가오고
날아가던 새들도 찾아오네

좁은 땅 한 자락에 뿌리내리고
바람이 몰려와 쏟아내는 말들을
잎사귀마다, 가지마다 다 받아주고
날아드는 새들의 알아듣기 어려운 말 해독하려
잎사귀 쫑긋쫑긋 귀 기울이며 듣고 있네

벗에게 진실하고
배운 것을 익히고 있기에
아침이고 밤이고 바람이 찾아들고
새들도 찾아와 노래 부르며 쉬는 것이지

그런 나무 앞에서
난 오늘, 긴 반성문 쓰네.

깍두기

도마 위에 무를 썰고 있었다
깍둑깍둑 자르는데 무 한 조각이
"다르게 살고 싶어" 외치더니
도마 밖으로 튀어 나갔다

짜디짠 소금 세례받기 싫어
따가운 고춧가루 세례받기 싫어
"예전처럼 하얀 무로 살아갈래" 외치며
부엌 바닥으로 낙하하였다

잘리는 대로 잘리고
소금과 고춧가루 세례받은 순한 무 조각들
맛이 든 깍두기로 거듭나 냉장고 안에 쉬는 동안

도마 밖으로 튀어 바닥에 떨어진 무 조각
시커멓게 변한 얼굴로
쓰레기통 안에 들어가고 말았다.

모정(母情)

귀가 잘 안 들리는 모국의 구십 세 어머님

독일 사는 육십 넘은 딸에게
"청력 관리 잘하거라"

가녀린 손가락으로 문자 써서 보내시네.

부엌에 밀려오는 강물

독일에서 태어나 27년 동안
눈물길 걷는 중에 웃음꽃 선사했던 외동딸
시집가기 전, 우리 집에서 보내는 마지막 생일!

잡채에 들어갈 표고버섯 불리고
양파 껍질 까고 당근 채 썰고 계란 지단을 부친다

딸과 가족을 위해 쌓아 올리는
기도의 제단처럼
수북이 쌓이는 달걀껍데기 감자 당근 양파 껍질

그 옛날 진주 외가 부엌에서
할머니가 감자 당근 양파 마늘 껍질 까며
어머니와 올망졸망 손주들을 위해
부뚜막에서 올리셨던 봉헌(奉獻)의 세월

나와 어린 동생들 키우시기 위해
어머니가 채 썰고 파 마늘 다지며
부엌에서 보내셨던 인고(忍苦)의 시간

썰물처럼 빠져나갔던
그 오랜 시간의 강물이
시집 보낼 외동딸 생일 음식 만드는
내 좁은 부엌 안으로
밀물 되어 흘러들어온다

할머니의 진주 남강과
어머니의 서울 한강이
내 가슴 안에 흐르는 라인강으로
콸콸 흘러들어온다.

파랑새 한 마리

아주 오래 전 우리 작은 집에
파랑새 한 마리 날아들었네

구구거리는 소리로
모여 바라보던 이들 가슴마다
행복의 씨앗 뿌려주었네

날마다 작디작은 몸이 조금씩 커지고
여리디여린 날개가 삐죽이 솟아날 때
우리 작은 정원에
기쁨의 분수도 콸콸 솟아올랐네

두 날갯죽지에 힘을 키운 파랑새
창공으로 힘차게 날아올라
망망한 바다 건너 훨훨 날아오르기 위해

우리 곁을 떠나
날개 푸득이며 저 하늘 멀리 날아갔네

오랜 세월
작은 둥지 안에서 우리와 온기 나누며
안겨준 기쁨과 행복에 고맙구나!

이제 네가 날아가 자리 잡은
넓어진 네 둥지에서
아늑한 보금자리 꾸미며
네 가는 곳마다 행복의 씨를 뿌리고
잘 익은 열매 맺는 기쁨 누리며
네 부리에 더 큰 행복의 씨 물고
언젠가 네 짝과 네 어린 파랑새들 함께
고향 둥지 찾아주렴!

네 날아간 하늘 향해
기도의 두 손 모은다.

안녕! 우리 파랑새!
새 둥지에서 더욱 행복하기를!

어떤 용돈

한국에 사시는 팔순 어머니가
잠시 고국에 들른 오십 살 넘은 딸에게
슈만의 부인 클라라 얼굴이 박힌
100유로 지폐 두 장을 건네주신다

"너를 위해서만 이 용돈 쓰거라."

한국 돈으로 약 25만 원.
결혼 후 누구에게서도 받은 적 없던 용돈

내가 메고 다니는 가방의 열 배나 비싼
명품 가방 살 만한 돈.
내가 입는 티셔츠의 열 배나 비싼
멋진 옷 한 벌 살 만한 돈.

너무 귀한 그 용돈
나만을 위해 쓰기 아까워
수년이 지난 지금까지 보관하고 있다

내가 팔순 되는 나이에
어머니가 주신 그 용돈

"너를 위해서만 이 용돈 쓰거라"하며
오십 살 넘은 내 딸에게 주지 않을까?

바람개비

산 넘고 바다 건너 달려온 바람 한 점
바람개비 어깨에 걸터앉아
가쁜 숨 고르고 있네

집마다 젖은 빨래 말려주고
비에 젖은 나뭇잎 닦아주고
땀 흘리는 얼굴에 부채 되어주며
먼 길 달려왔네

장미 향기 물결에도
황홀한 나비춤에도
묵묵히 서 있던 바람개비

불어온 바람 한 점
작은 어깨에 태우고
애썼다. 좀 쉬어라
바람 주위 돌며 반겨주네

먼 길 찾아가면
애썼다. 좀 쉬어라

반겨주시는 내 어머니 닮았네.

혼밥

남편은 외출하고 딸은 여행 떠난 날
혼자 밥을 먹는다
세 식구가 먹던 식탁에 혼자 앉아
밥알을 넘기려니
몸에 맞지 않는 옷 입은 것처럼
어울리지 않는 역을 연기하는 것처럼
어설프고 어색하다

조용히 어머니가 내 식탁 맞은편에 앉으신다

첫딸은 비 잦은 독일 땅에 살고
둘째 딸은 바람 많은 시골 산기슭에 살고
두 아들은 장가보내시고
하루 세 끼
한숨 소리 한 움큼, 기도 소리 한 다발씩
섞어 드셨을 어머니가
내 앞에 조용히 앉아계신다

웃으며 떠들며 식사하던 식탁이 조용하니
별만큼 모래알만큼 까마득한

40여 년 세월 동안
하루 세 끼 혼자 밥을 드시던
모국에 사시는 구순 어머니

내 식탁 앞에 그림자처럼 앉아계신다.

투명 반지

네 살배기 손녀가 내게 물었다
할머니는 왜 손가락에 반지가 없어요?

유치원 선생님 하얀 손가락에 낀 반지가
예뻐 보였나보다
주름진 손을 내려다본다
투명한 반지가 보인다

사랑의 약속은
보이지 않는 마음 깊숙이 새겨놓는 것이지
투명 반지를 가슴에 품고 사는 것이지

사랑하는 손녀야,
투명한 것들을 눈여겨볼 수 있는
맑은 눈을 가진 사람이 되거라

40년 전, 할아버지 할머니가
눈에 보이지 않는 꿈을 찾아
멀고 먼 땅에 건너와
3대째 사랑의 생명나무 가꾸듯

투명한 꿈이
눈물방울 맺히듯
열매로 달린 것을 볼 수 있도록

투명한 마음을 가진
반지보다 어여쁜 사람이 되거라
반지보다 빛나는 사람이 되거라.

아버지 기일에

4월 봄날
목련처럼 화사하게 피셨지요

어느 가을
낙엽 한 장으로 손 흔들며 떠나셨지요

아끼셨던 생명의 씨앗
장성한 나무로 자랐어요

꽃피는 봄날이면 찬란한 목련꽃으로
소슬한 가을바람 불면 물든 낙엽으로
고향 찾아오시는 당신을 추억합니다.

단순함

세 살짜리 손자가
작은 두 주먹 불끈 쥐고
울퉁불퉁 흙길을 쏜살같이 달려간다
"연못에 오리가 있는지 보러 갈까?" 물었더니
육십 넘은 내가 따라갈 수 없는 속도로
바람을 일으키며 뛰어간다

키 1m 조금 넘은 아이
어디에 저런 힘이 숨어있었을까?
오리를 보겠다는
한 가지 생각을 따라 뛰어가니
그 단순함에서 저런 힘이 솟나 보다

생각을 단순하게 만들 일이다
그 한 가지 생각을 따라
두 주먹 쥐고 뛰어갈 일이다

세 살 손자에게 배우는 힘의 논리.

결혼 40년

40년 광야를 걸었던 이스라엘 백성같이
두 순례자, 40년 광야 길 함께 걸어왔네

뜨거운 사막에서 목말라 허덕이며
달디단 물 찾아 헤매던 우리 앞에
마라의 쓴물이 놓여있었네
찡그리며 마셨던 쓴물이 갈증을 한 번에 해갈 시켰네

추운 밤이면 따듯한 불기둥이 온기를 전해주었고
뜨거운 낮에는 구름 기둥이 우리 손잡아 이끌어 주었네
넘실거리는 홍해 앞에서 떨며 울부짖었을 때
하늘의 지팡이가
바다를 두 쪽으로 나누는 기적을 보았네

길을 가로막는 철통 벽 앞에서
일곱 번 돌며 기도의 나팔을 불었을 때
여리고 성 같은 벽이 종이 벽처럼 무너져 내렸네

풀 한 포기 자라지 않는 외로운 광야
나무 한 그루 볼 수 없던 삭막한 광야에서

서로 기대고 위로하며 걸어온 순례길 40년

광야에서 눈물 꽃, 사랑 꽃, 웃음꽃 안겨준 세 자녀
아들을 사랑하고 네 손주 키우는 고마운 며느리,
딸을 아끼고 위해주는 믿음직한 사위,
반짝이는 눈을 가진 다람쥐, 토실토실 토끼 같은 손주들이
젖과 꿀이 흐르는 약속의 땅 가나안 바라보며
거룩한 순례길에 함께 행군하네

모국에 계신 어머니, 사랑하는 형제자매들도
가나안 땅, 행복의 동산에서 만나
서로 얼싸안고 기쁨의 폭죽 터트리며
웃음 송이 멀리멀리 날리는 날 기다리며

기도의 손 모으고
남은 순례길 기쁘게 발걸음 내딛네.

꽃길

가시덤불 뒤덮인 좁은 길 헤치며 걸어왔네
쉼 없이 걷다가 숨돌리며 뒤돌아보니
아! 가시는 장미 향기 따라 날아가 버리고
지나온 길이 그리운 꽃길로 바뀌었네

울퉁불퉁 넘어질 것 같은 거친 자갈길 달려왔네
한참 바삐 가다가 문득 뒤돌아보니
아! 자갈마다 보석되어 빛나고
밟고 온 길에 널려있는 에메랄드 사파이어 루비…
알알이 영롱한 보석에 눈부셨네

뒤돌아 아련히 바라보기만 할 뿐
몸은 시간의 밧줄에 매여 되돌아갈 수 없네
한 걸음 한 걸음 걸어가는 이 길이
바로 꽃길이고 보석 같은 길이구나!

4부

언약의 무지개

폭포

작은 냇가에서 푸르른 꿈 키웠었지
잔잔한 강물 되어 유유히 흘러가는데
어쩌나, 가파른 절벽 가로막고 있네

아끼며 키웠던 몸, 가루 되어 부서지고
쌓았던 야무진 꿈, 거품 되어 날아가네
피 솟는 처절한 절규 하늘까지 오르네

상처 난 몸과 마음 산산이 부서지고
하이얀 물 가루로 눈부시게 피어나네
무지개 호위받으며 망망 창해(滄海) 떠나네.

언약의 무지개

비 그친 후
빗물에 깨끗이 씻긴 무지개
저쪽 하늘과 이쪽 하늘 이어주네

가슴 설레는 일곱 색 무늬 반지
땅에서는 좀 먹고 도둑 드니
하나님이 하늘 다락에 숨겨놓으셨네

일곱 겹줄로 단단히 묶은 사랑의 약속
내 가냘픈 손가락에 끼우기에 너무 커서
하늘가에 걸어놓으셨네

노아의 홍수 때와 같은 대홍수는
다시 내리지 않으시겠다고….

햇빛 세례

황금알 담은 금쟁반
높은 하늘에 걸려있다

눈부셔 또 눈부셔
눈감고 햇빛 세례받네

마음 깊은 곳
검은 휘장 속까지 뚫고 들어오는 빛

슬픔으로 젖은
영혼의 우물 바닥까지 비추는 큰 빛

따스한 햇빛 세례받고
빛의 옷 두르고
새 마음, 새 영혼으로 태어나는
아침!

모닥불

뾰족한 촉 뜨겁게 달구어 세우더니
내 심장을 겨냥해 쏘았구나
일 초도 멈추지 않던 처절한 몸부림!

차가운 내 가슴에 불화살 쏘아 보내고
회색 재로 애잔하게 부스러져 내리는
애타는 사랑의 몸짓, 숭고한 희생의 향연!

입양

뜰 안에 떨어진
이웃집 작은 씨앗

우리 집 작은 태양 해바라기로 피어
내 키보다 더 크게 자라 우뚝 서 있네

실바람 부는 날마다
입양해 주어 고맙다고
큰 머리 숙여 인사하네.

커피 인생

식은 커피 아까워
한 모금 삼키다가
다시 뜨거운 커피를 끓였다

그래, 이 맛이지

두 손으로 커피잔 움켜쥐면
손바닥에 흘러들어오는 따뜻한 기운
따뜻한 온기,
뜨거운 열정을 잃은 인생은
인생의 참맛을 잃은 인생이지
쓴맛 없는 커피에서
제대로 된 커피 맛 우러나지 않지

진한 쓴맛의 커피 향기
안개 속 멍해진 생각 걷어내고
반짝거리며 하늘을 날아다니는
지혜의 날개 달고 오지

달콤하기만 해서는

커피 맛이라 할 수 있겠나
어린아이 좋아하는 사탕 맛일 뿐

뜨겁고 쓴맛이 풍겨야
비로소 커피다운 향기로운 커피

쓴맛 없는 인생은
하늘로 모락모락 오르는
멋진 향기 우러나지 않지

그 뜨겁고 향기로운
커피 인생 살고 싶어

쓴맛 여유롭게 즐기는
커피 인생 살고 싶어

오늘도
쓴맛 향기롭게 피어오르는 블랙커피
보약 한 첩 달여 마시듯
정성껏 마신다.

백합 조개

이름도 어여쁜 백합 조개
507살이 되도록 바다에서 살았단다
문명의 최첨단 시대에 백세 넘게 사는 인간보다
다섯 배나 오래 살았다

바다에서 날마다 수영하여
과체중 시달리지 않고
침묵과 묵상으로
날마다 쌓이는 욕심과 탐심
시시때때로 몰려오는 파도에 씻어내렸지

강풍에 요동하는 바닷속에서
작디작은 자기 모습 깨달아 겸손해졌지
조가비 방안에 들어앉아
물결 악보 따라 노래 부르며 살아왔네

백합같이 고고하고 향기로운 삶!
조개의 여왕이 되었네.

가뭄 후

잦은 비와 시원한 바람으로
숱 많은 머리채 휘날리던
독일의 검은 숲, 슈바르츠발트(Schwarz Wald)가
윤기를 잃었다

수천 년 세월이 흘러도
푸른 힘줄과 불끈거리는 근육 뽐내던
유럽의 젖줄 라인강이
노쇠한 모습으로 허덕거리며 흐르고 있다

500년 만의 가뭄 앞에서
강물도 속절없이 갈증에 허덕이는 폭염의 여름,
여기저기 바닥이 드러난 강바닥에
깊이 잠수한 채로 수천 년을 견딘
로마 시대 돌다리, 옛 도시들이 나타났다

가뭄 후 내 마음속 강물이 빠져나가고
맨바닥 드러내면 무엇이 보일까

숨겨놓은 찬란한 유물이 보일까?

옹졸한 서운함과 섭섭함,
괘씸함과 분노로 단단히 묶인
수북한 쓰레기 더미 보일까?

가뭄 후 생각해서라도
내 마음 강바닥에
값나가는 유물 차곡차곡 쌓아놓을 일이다
강물 깊이 진귀한 골동품 하나 숨겨놓을 일이다.

지우기 연습

어렵게 시 한 편 써놓고
지우는 연습한다

만만한 조사를 지우고
화려한 형용사를 지운다
부사도 지운다

잔가지 잘라내듯
시가 열리는 나무에 매달린
부사와 형용사, 조사 잘라낸다

무성한 잎사귀 사이에 숨어있던
잘 익은 시의 열매
가만가만 눈에 차오른다

머리 한쪽에 숨어있던 씁쓸한 기억
한구석에 웅크리고 있던 섭섭한 마음
잔가지 잘라내듯 잘라낸다
내 마음 나무에도 이제 잘 익은 열매
가만가만 열리겠다.

한 방의 결정타

수십 번 골망을 위협해도
앞을 가로막는 장벽 헤치고
골망을 시원스레 뚫는
한 방의 결정타가 절실하다
수천 번 땀 흘리며 공을 차는 이유이다

수백 편 시를 써도
마음에 달아둔 종 은은히 울리며
찬란한 신세계 펼쳐주는
살아있는 시 한 편이 절실하다
수천 번 시를 쓰고 또 쓰는 이유이다

내 인생의 한 방 결정타 날릴
목숨의 찬란한 꽃 한 송이 피우고 싶다

수많은 실수와 실패의 날들 거름 삼으며
내가 사는 이유이다.

오늘은 식목일

묘목 한 그루 장만하지 못하였는데
무엇을 심을까

나무를 심는 것은
새들이 지저귀는 울창한 숲을 꿈꾸는
꿈의 씨앗을 심는 것

나무 심을 땅 한 평도 없는데
어디에 심을까

나무를 심는 것은
내일의 희망을 심는 것

나의 마음 한구석에
꿈의 묘목 한 그루 심어야겠네

훗날, 내 마음에
큰 새 작은 새 지저귀는 숲 우거지고
우뚝 키를 키운 큰 나무에
꿈같은 튼실한 열매 맺히도록

오늘
내 마음 한 귀퉁이에
희망의 씨 한 톨 뿌려
꿈의 묘목 한 그루 키워야겠네!

등대

바람끼리 모여 한숨 돌리며 쉬어가는
제주 섭지코지 '바람의 언덕'에서
잠시 바람의 숨에 내 숨을 섞는다

느슨해진 바람의 손 붙잡고
언덕길 올라가니
눈앞에 우뚝 서 있는 등대,
넓고도 넓은 바다를 품고 있다

나도 등대 앞에 서서
두 팔 활짝 벌려 망망대해 품으려 하니
바다가 파도치며 달려와
내 귀에 속삭인다

바다를 품으려거든
먼저 등대가 되거라

어두운 세상 바다 비추는….

개미 순례자

울창한 원시림의 나라 코스타리카(Costa Rica)
아득한 에덴동산 같은 어느 숲속

노랗고 푸르며 붉은 나뭇잎 조각 짊어지고
실같이 가느다란 세 쌍 다리로
엉금엉금 기어가는 개미 몇 마리

노랑 파랑 빨간 륙색 메고
산티아고 길 걸어가는 순례자들 닮았다

자기 몸무게 열 배 남짓한
조각 나뭇잎 십자가 짊어지고

그들의 양식이 될 버섯 모판에 실어 나르려
개미 왕국 향하여 행진하는
키 0.5~1.5cm의 순례자들!

시간

태어나면서부터 수십 년 인생길에 흘렸던
그 많은 눈물과 가슴 통증 품고
강물 등에 업혀 높고 험한 산 돌아가네
크고 작은 바위 지나고 외로운 섬 돌아
쉼 없이 망망 창해로 흘러가네

태어나면서부터 수십 년 인생길에 뿌렸던
그 많은 웃음과 벅찬 가슴 품고
날아가는 새 날갯죽지에 얹혀
퍼드득거리며 저 멀리멀리 날아가네

추억으로 붉게 물든 낙엽
내 마음 정원에 수북이 쌓아놓고
덧없는 구름 따라 어느새 훌쩍 사라지네

붉은 상처에 바르는 기름,
부르짖던 고통 가라앉혀 주는 진정제이네

내 인생길에 그림자처럼 함께 걸어가며
나를 가르치는 스승이네!

숨바꼭질

꼭꼭 숨어라. 머리카락 보인다
술래가 둘레둘레 찾기 시작한다
숨어있는 그 사람

꼭꼭 숨겨라. 꼬리 자락 보인다
술래가 구석구석 찾기 시작한다
숨어있는 판도라 상자

숨어있는 말을 찾는 시인
숨어있는 소리를 찾는 음악가
숨어있는 길을 찾는 구도자

마침내
숨어있는 이생의 마지막 출입문 찾기
하늘로 오르는 그 사다리 찾기

세상은 한바탕 숨바꼭질 놀이판!

시인

침묵의 바닷속에
천년만년 가라앉아
명상에 빠져있던
봉인된 언어

해녀처럼 바다에 풍덩! 들어가
깨끗이 닦여진 말
속으로 꽉 찬 말
소중히 건져내어
세상 바다에 방생(放生)시키리

모든 비밀 품은
그 깊은 침묵의 언어 찾아….

삼위일체를 이룬 시문학 세계

이명재 박사

(문학평론가, 중앙대 명예교수)

독일에 살면서 한국과 유럽에 한글문학을 연결하는 유한나 시인의 네 번째 시집 출간을 진심으로 축하한다. 나는 2000년 전후부터 재외 동포들의 한글문학과 현지어 문단을 조사 연구해 온 한 사람으로서 유한나 시인의 시집 평설을 쓰게 됨을 뜻 깊게 생각한다. 이 글을 준비하는 과정에서 유 시인이 국내외 문예지에 발표한 작품이나 시집들과 수필집, 김여정 유한나 모녀 시선집과 번역 시집 등도 통독하였다. 꾸준하고 다양한 시 작품과 진솔한 내용들에 심취할 정도였다.

프로필을 살피면, 1959년에 2남 2녀 중의 맏이로 태어난 유 시인은 서울에서 교편을 잡던 어머니와 떨어진 채 진주의 외가에서 자라며 초등학교도 다닌다. 그러기에 그의 작품에는 개성 형성기에 정들었던 진주가 옛 제노 필리아 같은 보금자리로 자주 등장한다. 이후 서울에서 중고등학교와 대학, 대학원까지 마친 후 결혼한다. 그 후 1986년에 독일로 건너가 자녀를 키우며 선교 생활을 하면서 수년 동안 직장 근무도 한다. 그러던 중 2002년과 2003년에 재외동포문학상 공모에 시, 수필로 입상하고 서울에서도 2008년에 시, 2012년에 수필 신인상 당선으로 등단한다.

그러기에 유한나의 삶과 문학의 중추는 역시 삼위일체적인 코드로 접근함이 안성맞춤이다. 장녀와 주부로서의 가족 사랑과 선교 활동을 통한 신앙생활, 그리고 한국의 시인 겸 수필가로서 유럽에 한글문학을 전파하는 전령사인 점이다. 『바람개비 도는 꽃길 언덕에 서 있네』라는 표제에도 세 요소가 복합되어 있다. 어머니로서, 신앙인으로서, 손수 글을 쓰는 문인으로서 쉼 없이 달려온 가시밭길이 곧 꽃길임을 알아차린 이제 위안을 받게 된 것이다.

이 시집은 4개의 묶음으로 모두 64편의 주옥편(珠玉篇)들로 이루어져 있다. 우리의 삶을 대체로 식물적 상상력과 계절감으로 다채롭게 그려 보이며 최선을 다한 인생을 긍정적으로 다룬다. 지나온 삶을 되돌아보고 감회어린 바를 진솔하게 이야기하며 새롭게 다짐한 시 미학적 기록이다. 그러기에 코로나 팬데믹과 러시아-우크라이나 전쟁 및 이스라엘-팔레스타인 분쟁 중에 펴내는 소담한 시의 향연 같은 결실로 다가온다. 그만큼 시대의 흐름과 시인의 나이테에 따른 전향적인 자세를 드러낸다.

가족 사랑과 휴머니즘 정신

이번 시집에서는 여러모로 이전보다 다채롭고 새로운 성향을 보여준다. 우선 한국 한강과 독일 라인강변에 사는 시인 모녀의 만남이 통신뿐 아니라 실제의 상봉으로 이루어진다.

지상의 길을 걷는 시간이 점점 짧아진 어머니
잠시 모국에 들른 딸과
벚꽃 나무들이 창창히 줄지어 선
하천 산책길 걸으신다
(중략)
구순 어머니와 육십 넘은 딸의
그림 같은 벚꽃 데이트!   – 「벚꽃 데이트」에서

장녀인 유한나 시인과 어머니 김여정(金汝貞) 시인은 모녀 관계로서 시 작품에서도 자별한 자모사(慈母詞) 성격을 띠고 있다.

귀가 잘 안 들리는 모국의 구십 세 어머님
독일 사는 육십 넘은 딸에게
"청력 관리 잘하거라"
가녀린 손가락으로 문자 써서 보내시네.   – 「모정(母情)」 전문

시집 제목인 『바람개비 도는 꽃길 언덕에 서 있네』는 '바람개비'와 '꽃길'을 합성한 내용이다. 여기에서 바람으로 의인화된 시인이 먼 여정을 지나서 지친 몸을 가눈 자신에게 위로하는 경우를 든다. 그러기에 '꽃길'이란 식물적 이미지와 달리 원래는 자갈투성이인 가시밭길이다. 그 난관을 헤쳐온 바람이 지친 몸을 기대자, 바람개비가 먼 길을 거쳐온 딸에게 땀을 식혀주면서 수고했다고 반기는 어머니처럼 자애로운 심상이다.

가시덤불 뒤덮인 좁은 길 헤치며 걸어왔네
쉼 없이 걷다가 숨돌리며 뒤돌아보니
아! 가시는 장미 향기 따라 날아가 버리고
지나온 길이 그리운 꽃길로 바뀌었네

울퉁불퉁 넘어질 것 같은 거친 자갈길 달려왔네
한참 바삐 가다가 되돌아보니
아! 자갈마다 보석되어 빛나고
밟고 온 길에 널려있는 에메랄드 사파이어 루비…
알알이 영롱한 보석에 눈부셨네

뒤돌아 아련히 바라보기만 할 뿐
몸은 시간의 밧줄에 매여 되돌아갈 수 없네
한 걸음 한 걸음 걸어가는 이 길이
바로 꽃길이고 보석 같은 길이구나!   - 「꽃길」 전문

　젊은 시절 험한 가시밭길을 헤쳐오며 바람처럼 기진한 퍼스나는 어머니처럼 포근한 바람개비의 위로를 받는다.

　산 넘고 바다 건너 달려온 바람 한 점
　바람개비 어깨에 걸터앉아
　가쁜 숨 고르고 있네

집마다 젖은 빨래 말려주고
비에 젖은 나뭇잎 닦아주고
땀 흘리는 얼굴에 부채 되어주며
먼 길 달려왔네

장미 향기 물결에도
황홀한 나비춤에도
묵묵히 서 있던 바람개비

불어온 바람 한 점
작은 어깨에 태우고
애썼다 좀 쉬어라
바람 주위 돌며 반겨주네

먼 길 찾아가면
애썼다 좀 쉬어라
반겨주는 내 어머니 닮았네.   -「바람개비」 전문

　　시인은 나아가서 이웃의 삶에도 관심을 가지고 챙긴다. 최근
러시아의 침공에 따른 우크라이나전쟁에서 생긴 희생자들의 참
상과 고발로 휴머니티를 강조한다.

　　캄캄하고 추운 동굴에 숨어 지내기 무서워요

비둘기 구구대고 햇볕 따뜻한 광장에 나가고 싶어요

(중략)

폭격으로 산산이 부서진 우리 동네,

잿더미 속에 파묻힌 우리 집

언제 다시 찾을 수 있을까요?　　　- 「전쟁터 어린이」에서

이를테면, 근래 전쟁의 참상을 고발한 어린이의 하소연을 통한 반전시(反戰詩)이다. 이밖에도 「마리우폴 열 살 소녀」 「한 장의 결혼사진」이 공감을 준다.

또한 「나무가 말하네」 「바다가 말하네」에서는 나무나 바다를 의인화하여 벌목 등으로 숲을 훼손하지 말고, 비닐과 쓰레기 등으로 바다를 오염시키지 말라며 환경문제를 제기한다. 거기에 자연재해에 상관된 「기우제」 「지진」도 외면하지 않는다. 더욱이 「로봇 버거」 「시 쓰는 인공지능」 「챗봇(Chatbot)」은 과학 문명의 위기 양상을 경고한다.

그런 한편으로, 「경주 월정교의 달밤」 「보름달 연서(戀書)」는 위의 전쟁 포화나 첨단기기와 상이하게 고전과 현대를 연결한 서정시도 곁들여서 남다른 다양성을 보인다. 이밖에 죽음에 상관된 「안락사」 「죽음의 종(種)」 「미리 신청합니다」 등의 글을 다루어 이순(耳順)의 연륜을 지낸 시인의 관조와 달관 경지도 드러낸다. 이런 면은 시인 자신이 특유의 장르 의식과 시문학의 새로움을 모색한다는 의미이기도 하다.

기독교 신앙적인 이미지

40년 광야를 걸었던 이스라엘 백성같이
두 순례자, 40년 광야길 함께 걸어왔네

뜨거운 사막에서 목말라 허덕이며
달디단 물 찾아 헤매던 우리 앞에
마라의 쓴물이 놓여 있었네
찡그리며 마셨던 쓴물이 갈증을 한 번에 해갈시켰네

추운 밤이면 따뜻한 불기둥이 온기를 전해주었고
뜨거운 낮에는 구름 기둥이 손잡아 이끌어 주셨네
넘실거리는 홍해 앞에서 울부짖었을 때
하늘의 지팡이가
바다를 두 쪽으로 나누는 기적을 보았네

길을 가로막는 철통 벽 앞에서
일곱 번 돌며 기도의 나팔을 불었을 때
여리고 성 같은 벽이 종이 벽처럼 무너져 내렸네

풀 한 포기 자라지 않는 외로운 광야
나무 한 그루 볼 수 없던 삭막한 광야에서
서로 기대고 위로하며 걸어온 순례길 40년

광야에서 눈물 꽃, 사랑 꽃, 웃음꽃 안겨준 세 자녀
아들을 사랑하고 네 손주 키우는 고마운 며느리,
딸을 아끼고 위해 주는 믿음직한 사위,
반짝이는 눈을 가진 다람쥐, 토실토실 토끼 같은 손주들이
젖과 꿀이 흐르는 약속의 땅 가나안 바라보며
거룩한 순례길에 함께 행군하네

모국에 계신 어머니, 사랑하는 형제자매들도
가나안 땅 행복의 동산에서 만나
서로 얼싸안고 기쁨의 폭죽 터트리며
웃음 송이 멀리멀리 날리는 날 기다리며

기도의 손 모으고
남은 순례길 기쁘게 발걸음 내딛네.   - 「결혼 40년」 전문

여기에서는 모처럼 강렬한 이미지와 전문적인 식견을 갖추어
독실한 기독교 가족의 삶과 신앙을 드러낸다. 하지만 평소의 작
품에서는 유 시인이 한껏 진중한 호소력과 종결어미의 효과로
써 일반 독자들도 부담 없이 함께하도록 배려하여 호감 영역을
넓힌다.

이어서 시인은 자신이 평소 알고 지내던 탈향민의 소천을 통
해 분단 조국을 떠나온 디아스포라의 한 삶을 보여주고 있다

코로나 전염병 암흑기 2년여 동안
소식 잊고 지내던 K 박사님
부활절 며칠 앞둔 날 소천하셨다

한국이 아닌,
부모님이 살던 고향 이북 땅이 아닌,
반세기 살아오셨던 독일 땅에 묻히게 되셨다

독일인 사모님이 한국인 남편의 후배에게
장례식에서 '아리랑'을 불러달라고
남편의 뜻을 전하셨다

아리랑 가락을 타고 오르셔서
북한에 사시던

그리운 부모님을 만나보고 싶으셨을까

반세기가 지나도 못 잊으신
살구꽃 피던 고향,
흩날리던 꽃잎 따라
굽이굽이 흘러가던 부모님의 아리랑 노래
마지막까지 가슴에 꼭 품고 가고 싶으셨을까
아리랑, 아리랑 고개를 넘어…   -「살구꽃 아리랑」 전문

분단 조국의 북한에서 태어나 고향에 못 가고 독일에서 독일인 여성과 결혼해서 살다가 코로나가 창궐한 기간에 세상을 하직한 K 박사의 사연이 가슴을 울린다. 한반도를 떠나서 독일에 정착하여 이국 여성과 가정을 이루어 살다 가면서도 장례식에는 아리랑을 연주해 달라고 유언한 이민자의 사정이 인상적이다. 기독교적이고 식물적 상상력을 망향성에 곁들인 데다가 평이한 문장으로 녹여서 조화를 이룬 시편이다. 한국 디아스포라 문학의 한 실체이면서 알맞은 텍스트이다.

이밖에도 「햇빛 세례」 「언약의 무지개」 등에서 기독교적 성향을 띠고 있지만, 나머지 시편들에는 그 작품 속에 신앙 정신이 용해되어 자연스럽다.

유한나 시문학 기법의 괄목할 변모

이번 유한나 시집에서 특별히 주목할 바는 시의 구성이나 기법에서 참신한 변모를 보인다는 점이다. 이전의 단조롭던 모범생의 모습에서 새벽잠을 깬 듯 산뜻한 모더니티의 감각과 지적 향상을 취한다. 특히 이 시집 3부와 4부 작품들에 드러난 시적 발상의 발랄함과 탈속한 변형의 멋이 주목된다. 이제 새로운 경향의 시편들에서는 이전에 보기 어렵던 시 미학적인 구성상의 뒤집기나 비틀기 등에서 번득이는 위트와 반어를 동반한 유머가 돋보여 시 읽는 재미를 북돋운다. 이는 유한나 시 작품의 조신하되 과감하고 바람직한 비약으로서 괄목상대할 현상이다.

아차! 하는 순간/ 스쳐 간 칼날에/ 가느다란 흰 손가락에서/ 붉은 눈물이 솟아 흐른다// (둘째 연 4연 생략)-/ 좁은 구두에 눌려 살던/ 새끼발톱이 온통 검게 물들었다/ 작은 발톱도 상처로 속이 검게 타는구나// 붉은 강물이 흐른다/ 푸른 은하가 펼쳐진다/ 검은 흑장미꽃 피어난다// 상처의 문(門)안에 신세계 펼쳐진다!　　　　　　　　　　　　　　　　　　-「상처의 문(門)」에서

위 작품에서는 촉각적인 이미지의 통증이 리얼리티를 자아낸다. 그에 비해서 다음 작품에서는 우리가 흔히 데자뷔 현상으로 기시감(旣視感) 있게 느끼는 바를 내보인다.

비 내리는 아침, 우산꽂이에 성한 우산이 없어서 문득 그동안 숱하게 잃어버렸던 갖가지 우산들이 생각나고 아쉬워짐을 느낀다.

미처 아쉬운 줄 모르고 지나다가/ 어느 순간/ 잃어버렸던 것들이/ 안타깝고 아쉬운 것들이 있다// 젊음이 그렇고/ 세월이 그렇다// 폭우 속에서 우산처럼 날 지켜주던…　　　　　　-「우산」에서

유머 감각이 새로운 데다 그런 경우를 우리 인생의 젊음이나 세월도 그렇다고 단박 적용해서 일깨우는 자극이 신선하게 와 닿는다.

가까운 혈육의 가슴에/ 못 박으며 살아온 자가/ 누군가 그의 가슴을 가시로 찔렀다고 목청 높인다/ -(중략)-/ 그러고 보니 낯설지 않은 모습/ 바로 내 모습!

- 「가시와 대못」에서

　　위 작품에서는 못된 병폐를 비난하는 자신이 반성할 장본인이라는 경각심으로 번득이는 반전법의 재치를 빛낸다.

　　이 밖에도 「깍두기」는 리얼한 의인화를 통한 도마의 무 한 조각이 소금에 절여지는 처지에 반발해서 도마에서 벗어났지만, 오히려 꺼멓게 변한 채 쓰레기통으로 버려진다는 비유로써 동화처럼 흥미롭고 실존적이다. 「이 빠진 그릇」 역시 할머니처럼 이 빠진 그릇을 버리기 십상이라는 경우를 들어서 반전의 묘미와 토사구팽의 풍자성이 공감을 준다.

　　「부엌에 밀려오는 강물」에서는 부엌을 통한 여러 세대의 대비와 압축적인 구성미가 돋보인다. 시적 상상력과 의식의 흐름을 활용한 동영상적인 멀티비전식 묘미로써 진주 외가 할머니의 부엌 – 서울 어머니의 부엌 – 독일 딸의 부엌을 시공간의 대비적 상상과 함께 입체적으로 접근하여 흥미를 돋운다. 이제는 나이테를 더한 유 시인도 이전의 사물과 문학에 인생을 관조하고 달관할 단계이다. 그래서 이전과 달리 「안락사」 「죽음의 종(種)」 「미리 신청합니다」와 같은 작품을 마주함도 낯설지 않다.

유럽에 한글문학을 전파하는 전령사

유한나 시인은 독일 현지에 와서 부군과 함께 선교하고 자녀를 키우는 틈틈이 시와 수필을 쓰며 창작 활동을 하였다. 재외동포문학상 시와 수필 부문에 응모하여 여러 번 입상한 후 서울에서 늦깎이로 문단에 올랐다. 대단한 열정이며 저력이다. 더욱이 2004년 3월, 유한나 시인은 재외동포문학상 입상자 7명과 함께 프랑크푸르트에서 재독한국문인회를 창립하고, 2007년 창간호부터 2014년 제8호까지 매년 회원창작 작품집 《재독한국문학》을 편집했다.

그뿐 아니라 독일에서 전 유럽지역을 아우르는 한글문학 종합지 《유럽한인문학》을 동료문인들과 2017년에 창간하여 올해 5호까지 발간하였다. 한글문단이 취약한 동유럽, 남유럽, 북유럽에 거주하는 한인 동포들에게 한글 작품 구독이나 발표의 통로로 연결하고 있다. 현역 시인 겸 수필가로서 독일은 물론 전유럽으로 한글문단을 확산시키는 역할까지 맡고 있다. 이미 독일 시민권자로 자리 잡은 유한나 시인은 한독 양국을 잇는 초국가적 트랜스내셔널시대에 국경을 벗어난 한국문학 기수의 한 사람이다.

본디 그리스어인 'Dia-spora'는 어원적으로 '씨를 뿌리다, 흩어지다' 등의 복합적 의미를 지닌 데다 사회 환경이 다각도로 바뀌며 두드러진다. 이전 세기만 해도 디아스포라는 나라를 잃고 삶의 보금자리에서 벗어나 흩어진 채 집 없이 유랑하는 개인이나

소수의 공동체를 의미했다. 기원 전후에 유대인들이 팔레스타인 구역에서 추방되어 예전의 게토처럼 특정 공간에 갇힌 채 집시처럼 떠돌아다니면서 기회를 타서 모국에 돌아가려는 처지와는 다르다. 원활한 교통이나 디지털 통신의 발달과 신속한 교류로 활짝 열린 세계화 사회에 임한 현대의 디아스포라 양상은 이전 세대와 더 새로운 모습으로 만난다. 세계에 흩어져 사는 이민자는 모국의 국력과 개인의 인권이 중시되는 금세기에 여러 경계를 넘나들며 한글문학을 씨뿌리는 일에 임하는 문인이다.

요컨대, 유한나 시인은 현대의 탈–디아스포라의 한 모델로서 모친과 가족을 위한 휴머니즘 문학을 구현하였다. 그러면서 유럽 한국문인 동기들과 함께 《재독한국문학》과 《유럽한인문학》으로 한글문학의 지평을 넓혔다. 특히 자신의 시 창작면에서 이전의 밝고 수채화적인 단조로움을 벗어나서 참신한 구성과 예리한 위트, 유머, 풍자로써 리얼한 문장의 거듭난 점들을 발견한다. 그리고 시인은 경계인, 이중 언어, 이중 자아의식 속에서도 올곧은 한인의 뿌리 의식으로 정체성을 지니면서 밝고 전향적인 자세로 기독교적인 복음을 전하고 있다. 독일에서 한글로 시와 수필 작품활동을 하면서 《유럽한인문학》으로 한글문학 확산 운동을 펴고 있는 유한나 시인은 한국 디아스포라 문학의 선도자이기도 하다. 바야흐로 고도로 정보화되고 세계화된 21세기는 유목민(노마드)시대라고 설파한 자크 아탈리의 견해는 유효하다.

유 시인은 모국어인 한글로 문학을 펼치는 일이 민족정체성을 살린다는 의견을 전한다.

옹알이부터 한 글자, 한 낱말 배우며/ 스물일곱 해 동안 푸르른 젊음 키웠던 내 삶의 모판,/ 정겨운 모국 떠나/ 낯선 독일어로 말하고 있는 나라에서/ 굽이치는 세월의 파도 타고 온 지 어언 삼십 년/ -(2연 생략)-독일에서 태어나 하루하루 자라고 있는/ 내 사랑하는 자녀, 그들의 자녀에게 주고 싶은/ 나의 가장 아끼는 유산/ 우리말 두레박!

- 시집 『라인강의 돛단배』 중 「우리말 두레박」에서

아무쪼록 독일을 비롯한 유럽에서의 생활과 디아스포라 한국 문학의 발전에 노력해 온 유한나 시인에게 앞으로도 알찬 성과가 더하기를 기대한다.

바람개비 도는 꽃길 언덕에 서 있네

바람개비 도는 꽃길 언덕에 서 있네

유한나 시집